RÉFLEXIONS

SUR

L'INSTRUCTION EN ASSASSINAT,

DIRIGÉE CONTRE M⸱ DE SAINT-MORYS.

RÉFLEXIONS

SUR

L'INSTRUCTION EN ASSASSINAT

DIRIGÉE CONTRE Mme DE SAINT-MORYS,

ET SUR LA LETTRE DE M. BELLART, DU 2 MARS DERNIER;

Suivies du Rapport de M. Bellart à la Chambre des Pairs, des différens Arrêts qui en furent la suite; et enfin, de la Lettre de M. Bellart sur le duel.

PAR Mme LA C^sse DE SAINT-MORYS.

Il faut s'élever suivant sa position: dans des cas extraordinaires, on ne se conduit pas par des règles ordinaires.

————

PARIS.

LE NORMANT, IMPRIMEUR-LIBRAIRE;

RUE DE SEINE, N° 8, PRÈS LE PONT DES ARTS.

MDCCCXIX.

RÉFLEXIONS

SUR

L'INSTRUCTION EN ASSASSINAT

DIRIGÉE CONTRE Mme DE SAINT-MORYS.

Q UA'N D par des malheurs inouïs, et de grands
devoirs à remplir, j'ai été tirée de la douce obscurité
dans laquelle mon sexe et mes goûts m'avoient
placée, j'ai dû, pour remplir ces devoirs sacrés et
douloureux, faire le sacrifice de mon repos, de ma
fortune, et même de ma vie s'il étoit nécessaire.

Si, en dévoilant la trame affreuse et le machiavélisme dont M. de Saint-Morys est tombé victime,
je suis parvenue à justifier la mémoire d'un homme
qui, sans le voile perfide jeté sur cette affaire,
n'eût jamais eu besoin de justification, le sacrifice
n'est pas trop grand, ni trop chèrement payé :
j'aurai atteint le but que je m'étois proposé.

J'ai dit et je le répète : je hais et méprise l'homme
qui m'a enlevé mon mari ; mais s'ensuit-il de là que
je veuille porter la main sur lui pour l'assassiner ?
Lorsqu'on a laissé circuler des bruits aussi injurieux
pour moi, ne me devoit-on pas d'en démontrer la
fausseté par une instruction prompte ? Et comment

ai-je mérité aujourd'hui qu'on me réduise à l'humiliante nécessité de provoquer moi-même l'instruction ? Quoi qu'il en soit, je dois à moi-même, à mes parens, à mes amis, de ne pas laisser planer sur moi des soupçons odieux, et d'expliquer les motifs qui aujourd'hui, *et seulement aujourd'hui*, me font demander l'instruction de cet étrange procès. Je dois à la société en général, et particulièrement à cette portion du public qui, suivant toujours et partout la marche tracée par le devoir, m'a, par l'estime et l'intérêt qu'elle m'a accordés, imposé l'obligation de justifier que je ne me suis pas écartée du mien. Comme femme, je dois aux personnes de mon sexe, qui m'ont témoigné un intérêt continu, de leur prouver que je n'ai pas cessé de le mériter ; il en est une surtout dont l'approbation constante m'eût soutenue seule contre toutes les peines et les injustices ; et c'est avec un noble orgueil que j'ose assurer qu'à son exemple j'ai pris pour règle de ma conduite : « *Fais ce que dois,* » *advienne que pourra.* »

Jusqu'à ce moment je n'ai fait entendre que les accens de la douleur ; j'ai respecté les arrêts rendus en faveur de mon ennemi, bien que je les trouvasse souverainement injustes ; mais comment contenir mon indignation, quand à tant de malheurs et d'injustices on ajoute l'outrage ? et c'en est un épouvantable, après avoir en vain invoqué les lois, de lire et d'entendre dire aujourd'hui que toutes les lois punissent le duel ; « *qu'il n'est pas permis*

(3)

» *de se dissimuler qu'en rédigeant l'article 296 du*
» *Code pénal, on a voulu caractériser le duel et*
· » *toutes ses circonstances; que c'est calomnier notre*
» *législation, qu'oser dire qu'elle est muette sur ce*
» *point* (1). » Et M. Bellart, dans sa lettre du
2 mars, va même jusqu'à dire « *que même dans le*
» *cas de légitime défense, c'est aux jurés à admettre*
» *les excuses.* »

C'est comme si l'on me disoit : L'année passée, toutes les lois ont été muettes pour prévenir comme pour punir la mort de votre mari; IL ÉTOIT REPOUSSÉ DU SEIN DE LA SOCIÉTÉ, SA MORT ÉTOIT NÉCESSAIRE ; SON MEURTRIER N'A PAS COMMIS UN CRIME, IL A REMPLI UN DEVOIR!!! et, cependant, ces mêmes lois tolèrent si peu l'effusion du sang, que même elles ont pourvu à ce que celui qui tue le moindre des animaux domestiques, soit puni, et Barbier-Dufay n'a été ni puni, ni recherché, pas même pendant l'espace d'une heure. Non seulement il a été garanti de mes poursuites, mais je ne le suis pas des siennes ! Un prétendu assassinat a lieu ; on accueille, on propage des bruits injurieux pour moi, et ceux qui me doivent leur assistance pour repousser ce nouvel outrage, restent depuis huit mois dans une inaction qu'on ne sait comment qualifier ; au bout de ce temps, on reçoit une opposition du meurtrier de M. de Saint-Morys, motivée sur une plainte et des poursuites en assassinat diri-

---

(1) Article de la *Gazette de France* du 16 mars 1819.

1.

gées contre moi. Hélas ! quand je défendois la mémoire de mon mari des attaques de ses ennemis, j'étois protégée par son égide ; seule elle m'a défendue, seule elle a commandé le respect même à ses propres ennemis. Mais aujourd'hui, que la mesure est comblée par cette horrible accusation, qui me protégera, quand la loi, quand les magistrats m'abandonnent ; qui me défendra quand une instruction commencée depuis huit mois semble être une arène ouverte à mes ennemis pour choisir le temps et les armes pour m'attaquer ? Ce sera l'opinion publique ; c'est à elle que j'en appelle, « *à la seule* (comme dit avec tant de vérité M. de » Bonald) *qui soit la véritable opinion publique,* » *puisqu'elle embrasse tous les temps et tous les* » *lieux, et qu'elle doit régler tous les hommes* (1). » Qu'il me soit permis de jeter un coup d'œil rapide sur les événemens qui ont précédé et amené cet inconcevable procès ; et que ceux qui se trouveront blessés de l'amertume de mes réflexions, ne s'en prennent qu'à eux-mêmes. Je ne demandois que le repos et la solitude, et ils souffrent que par une nouvelle attaque on vienne m'y arracher.

Un homme s'est dit, ou on lui a dit : Voilà un officier-général, un lieutenant des gardes-du-corps du Roi, dont il faut se défaire ; il faut s'en défaire avec un grand éclat et par un grand scandale ; et l'officier-général étoit frappé à mort avant même d'être attaqué.

____

(1) De la Législation primitive, tome Ier.

Le moment de l'attaque ne paroît pas avoir été bien déterminé ; car les lettres insultantes et imprimées, qui devoient être rendues publiques le 18 avril, ne l'ont été que le 4 juin suivant. Il n'est pas dans mon intention de dévoiler pourquoi ce retard de six semaines ; il coïncidoit avec un autre plan qui, n'ayant pas de rapport direct avec cette affaire, doit être passé sous silence.

Au 4 juin 1817, tous les grands-officiers de la Maison du Roi, les fonctionnaires publics, et les gardes-du-corps du Roi, tous reçurent ces lettres imprimées, dont le dépôt légal avoit été fait à la police générale, et qui portoient le nom et l'adresse du sieur Dufay, lieutenant - colonel en retraite. Cependant cet officier, après avoir insulté, outragé son supérieur en grade, refuse tout combat, et propose un assassinat. « Au lieu de sévir contre
» cette tentative de diffamation, le 8 juin (jour
» mémorable pour une partie du midi de la France)
» on laisse imprimer et distribuer un second libelle
» qu'on adresse avec profusion, au château des
» Tuileries, à tous les hommes qui remplissent les
» plus grandes places auprès du Roi et des princes ;
» et l'on souffre ainsi que l'on fasse, dans le palais
» du souverain, ce qu'on n'oseroit se permettre
» dans la maison d'un commissaire de police ; car
» d'abord on y propose ouvertement le duel, qui
» est proscrit par les lois de la France et par celles
» de toute l'Europe, et qui n'est toléré que tacite-
» ment ; ensuite on y insulte un officier de la

» Maison du Roi, un homme dont le rang dans la
» société mérite des égards; enfin on présente au
» souverain (arbitre et source de l'honneur) des
» lettres où la calomnie est présentée sans voile.

» Un pays où de telles scènes se passent, ne pré-
» sente plus qu'une dégradation complète de la
» civilisation; que l'anéantissement prochain de
» l'autorité publique ainsi méprisée; que la lâche
» complaisance pour une faction; que la perte de
» toute morale, et que l'usage le plus honteux de
» la puissance ministérielle. »

L'homme coupable de semblables calomnies méritoit-il l'assistance de l'autorité? Et, quand les
choses sont poussées à ce point, que peut faire
l'honnête homme qui trouve ses amis naturels auxi-
liaires de ses ennemis acharnés? La conscience, la
morale, ne sont plus que des armes tournées contre
lui, et qui ne peuvent parer aucuns coups.

« Malheureusement c'est ainsi qu'on parviendra
» à détacher du Roi des hommes qui faisoient leur
» bonheur et leur honneur de le servir; qu'on
» déconsidère la fidélité, et qu'on apprend à penser,
» à ceux qui n'ont pas une âme assez forte, que la
» vertu n'est qu'un songe, et le patriotisme qu'une
» duperie. »

Enfin, tandis que le sieur Dufay, avec autant
d'audace que d'emportement, *veut et ne veut* qu'un
assassinat, M. de Saint-Morys, avec calme et fer-
meté, s'y refuse, et offre tout autre espèce de combat. Cependant, à la honte du siècle, une légion

d'hommes aux ordres de celui qui les paie, se répand dans les cafés, dans les lieux publics, même dans les salons de la capitale, pour mettre en question l'honneur de l'homme qui ne veut pas assassiner ; ils assurent, comme vérité, que M. de Saint-Morys refuse de se battre. Ainsi, dès ce moment, il a été bien évidemment perdu ; car s'il n'eût pas été tué par le sieur Dufay, il est incontestable que tous les jours il eût eu un nouveau combat à soutenir ; et, certes, on a dû se flatter, avec raison, qu'il n'en sortiroit pas toujours victorieux. Enfin, les choses sont poussées au point que ses chefs le suspendent de son service, parce qu'il refuse de frapper un militaire pour le forcer à se battre. Néanmoins, contraint de plier sous l'autorité de ses chefs, il obéit : le sieur Dufay est frappé ; le combat a lieu, et M. de Saint-Morys succombe ! il meurt ! et meurt avec le regret que ce soit sans gloire comme sans utilité pour son Roi et sa patrie. Le crime seul triomphe !!!

Cependant le ministère public est informé à l'instant de l'événement tragique qui vient d'avoir lieu ; et au moment où M. de Saint-Morys est ramené chez lui sans vie, le sieur Gragé, son domestique, fait au commissaire de police, appelé pour constater la mort, sa déclaration que son maître vient d'être tué en duel par le sieur Dufay ; que ce duel a été provoqué par des lettres imprimées qu'il a répandues contre M. de Saint-Morys. Le lendemain il renouvelle la même déclaration en présence de M. le procureur du Roi ; et cependant le sieur Dufay ne fut point poursuivi : mieux traité que celui qui vient de tuer M. de Saint-Aulaire, il n'a pas été obligé de se cacher; constamment on l'a vu dans tout Paris, même aux Tuileries. M. de Saint-Morys, peu d'heures avant de se battre, avoit consigné par écrit (1) qu'il venoit de rencontrer le sieur Dufay au moment où il sortoit du ministère de la police, et qu'il lui avoit parlé; et une personne respectable a déposé en justice avoir également rencontré le sieur Dufay comme il sortoit encore du ministère de la police, et cela seulement cinq à six jours après la mort de M. de Saint-Morys; et de plus, combien de personnes ne l'ont-elles pas entendu, dans les cafés de Paris, se vanter de son crime, et entrer dans des détails aussi mensongers que révoltans? Si j'ai poursuivi le sieur Dufay, c'est moins encore par haine, que pour que justice soit faite; et surtout, parce que c'étoit le seul moyen que j'eusse à employer pour remplir efficacement la promesse que j'avois faite à M. de Saint-Morys de justifier sa mémoire. Hélas! les odieuses imputations répandues sur son compte ont rempli d'amertume ses derniers momens; et, seules, elles l'eussent infailliblement conduit au tombeau!

Le 27 août 1817, je me rendis chez M. le procureur-général pour lui manifester mon intention de poursuivre le sieur Dufay. M. le procureur-général chercha à m'en dissuader, probablement qu'à cette

---

(1) Cette lettre est déposée en justice.

époque il pensoit que le duel étoit punissable,
puisqu'il m'offrit de parler au ministre, et me demanda ce que l'on pourroit faire pour me satisfaire et empêcher les poursuites que je voulois
commencer. Je l'avoue, j'eus alors un moment de
foiblesse; la tendresse maternelle l'emporta sur ce
que j'avois promis à mon mari, et je consentis à
ne pas poursuivre le sieur Dufay, si le gouvernement
(à qui il doit des sommes considérables, et pour
lesquelles le domaine a pris inscription sur ses biens)
vouloit le poursuivre en paiement, et ainsi l'expro-
prier du voisinage de ma fille. M. Bellart me demanda cinq à six jours pour me donner réponse.
Au bout de ce temps, il me dit que le sieur Dufay
avoit reçu ordre de s'absenter; mais une absence
momentanée ne pouvoit me satisfaire; d'ailleurs je
me reprochois une condescendance contraire à une
promesse sacrée, et je déclarai à M. Bellart que de
suite j'allois rendre plainte. Je dois rendre ici
justice à M. Bellart, et convenir qu'il me parla avec
autant de sensibilité que de douceur; et sans doute
il seroit parvenu à me calmer, si ma douleur et
surtout mon indignation n'essent été aussi pro-
fondes. Je le quittai après être convenu que dans
trois ou quatre jours je présenterois ma plainte à
M. le procureur du Roi. J'étois alors sans conseils,
et je rédigeai une plainte en assassinat, que depuis,
mes conseils m'ont fait changer en homicide volontaire.

Je fus chez M. le procureur du Roi vers les

premiers jours de septembre. Là , comme chez
M. le procureur-général , j'éprouvai de l'opposition, et M. le procureur du Roi me demanda encore
cinq à six jours pour consulter; enfin , le 14 septembre , ma plainte fut reçue. Je me rappelle que
M. le procureur du Roi me dit alors : « *Mais,*
» *Madame , vous qui criez si haut, que diriez-vous*
» *si c'étoit votre mari qui eût tué son adversaire ?* »
Emportée par la vivacité , je lui répondis : « *Dans*
» *ce cas, Monsieur, vous l'auriez fait arrêter, et*
» *vous trouveriez des lois qui punissent le duel.* »
M. le procureur du Roi me rappela à l'ordre ; et ,
fâchée de lui avoir manqué , je lui en fis des excuses. Cependant , grâce à la lettre de M. Bellart,
sur le duel , et aux poursuites dirigées en ce moment contre le meurtrier de M. de Saint-Aulaire ,
je vois que si j'ai pu manquer de respect à M. le
procureur du Roi , je n'avois dit que la vérité.

L'instruction eut lieu, et je fus forcée, par la nature même de cette instruction , de rendre plainte
contre MM. les ducs de Grammont et de Mouchy,
et M. le comte de Poix , comme complices de l'homicide volontaire commis sur la personne de M. de
Saint-Morys.

La Chambre des Pairs fut constituée en Cour de
justice , et M. le procureur général fut nommé , par
le Roi , rapporteur de cette affaire. La Chambre des
Pairs auroit pu voir, dans l'affaire qui lui étoit sou-
mise , un grand point de moralité à établir, et re-
connoître un abus funeste qui, s'il n'étoit réprimé ,

devoit nécessairement entraîner désordre et dépra-
vation : cependant on n'a vu autre chose, dans cette
circonstance, qu'un fait particulier, et qu'un noble
pair *à garantir des attaques d'une veuve égarée par
sa douleur*. Et la Chambre des Pairs, adoptant à
l'unanimité les conclusions du ministère public,
déclara qu'il n'y avoit lieu à suivre.

Si M. le commissaire du Roi, en place de grandes
digressions qui se détruisent mutuellement, eût
posé la question d'une manière claire et précise, et
en même temps eût cité l'art. 296, ainsi que l'art. 60
du Code pénal, avec lequel il est impossible de
transiger, et qui est ainsi conçu :

« Seront punis, comme complices d'une action
» qualifiée crime ou délit, ceux qui, par dons,
» promesses, menaces, abus d'autorité ou de pou-
» voirs, machinations ou artifices coupables, au-
» ront provoqué à cette action ou donné des in-
» structions pour la commettre; ceux qui auront
» procuré des armes, des instrumens, ou tout autre
» moyen qui aura servi à l'action, sachant qu'ils
» devoient y servir » (certes, à l'exception du mot
duel, rien ne manque dans cet article pour le dé-
finir); si, dis-je, M. le procureur général l'eût posée
ainsi, la Chambre des Pairs n'eût pas prononcé que
*les faits, fussent-ils prouvés, ils ne constitueroient
ni crime ni délit.*

Après l'arrêt de la Chambre des Pairs, M. le procureur du Roi crut de son devoir de se conformer
à l'avis de M. le procureur général pour ce qui re-

gardoit le sieur Dufay et les autres accusés : la Chambre du conseil, aussi complaisante et aussi respectueuse pour l'avis de M. le procureur du Roi que celui-ci l'avoit été pour celui de M. le procureur général, arrêta que l'instruction avoit été *complète* (quoique le duc de Mouchy, *accusé*, n'ait jamais été entendu, ni aucuns des témoins dans cette seconde affaire); et la Chambre du conseil, usant du droit de juger (qu'elle n'a pas), et au mépris des premiers témoins entendus, n'a trouvé rien de mieux que de faire l'application de l'art. 328 du Code pénal. Et pour qu'on puisse juger si je me plains avec raison, qu'il me soit permis de citer cet article 328 :

« Il n'y a ni crime ni délit lorsque l'homicide,
» les blessures et les coups étoient commandés par
» la nécessité actuelle de la légitime défense de soi-
» même ou autrui. »

Cet article 328 n'est que le texte de l'article du du Code, et de suite il en donne l'explication comme l'application qu'on doit en faire; application qu'il n'est pas permis d'interpréter différemment.

Art. 329. « Sont compris dans le cas de nécessité
» actuelle de légitime défense, les deux cas suivans :

» 1°. Si l'homicide a été commis, si les blessures
». ont été faites, ou si les coups ont été portés 'en
» repoussant, pendant la nuit, l'escalade ou l'ef-
» fraction des clôtures, murs ou entrée d'une maison
» ou d'un appartement habité ou de leurs dépen-
» dances;

» 2°. Si le fait a eu lieu en se défendant contre
» les auteurs de vols ou de pillages exécutés avec
» violence. »

Si les législateurs avoient voulu que l'article de
la légitime défense fût appliqué à d'autres cas qu'à
ceux désignés par l'art. 329, on en auroit fait men-
tion ; et, je ne crains pas de le dire, on a violé la
loi dans l'affaire de M. de Saint-Morys.

Les magistrats qui ont eu à prendre connoissance
de cette affaire, ne peuvent apporter pour excuse
le silence de la loi, puisqu'ils avoient également
l'art. 295 du Code pénal, qui dit : « L'homicide
» commis volontairement est qualifié meurtre. »

Art. 296. « Tout meurtre commis avec prémédi-
» tation ou de guet-apens, est qualifié assassinat.

» 297. La préméditation consiste dans le dessein
» formé avant l'action d'attenter à la personne d'un
» individu déterminé, ou même de celui qui sera
» trouvé ou rencontré, quand même le dessein se-
» roit dépendant de quelque circonstance ou de
» quelque condition. » (Voilà bien le duel désigné.)

Et cependant, la Chambre du conseil n'a rien
voulu voir de cela, tout en accordant à M. le procureur du Roi les réserves par lui faites contre le
sieur Dufay pour ses deux libelles, dont l'un con-
tient une provocation manifeste à un assassinat.
Contradiction palpable avec l'application de la légitime défense. Et le simple bon sens fait voir qu'on
a joué d'une manière plus qu'étrange sur les mots ;
car s'il est vrai que dans un combat celui qui tue

donne la mort en se défendant contre les armes de son adversaire, il n'en est pas moins vrai également que, du moment que le combat est arrêté et convenu à mort, les deux combattans, par cette seule résolution, sont déjà coupables d'intention d'homicide volontaire. Or, la loi punit toute intention coupable, suivie de l'action.

Aussi surprise qu'indignée de la décision de la Chambre du conseil, j'interjetai appel à la Cour royale. Je n'y fus pas mieux traitée qu'en première instance, et l'arrêt fut confirmé en son entier. Lorsqu'à cette époque je sollicitois M. le procureur général pour que le sieur Dufay fût mis en jugement, il m'assuroit qu'il n'en avoit pas le droit ; que la loi étoit précise, et que ce seroit agir contre sa conscience. C'étoit en avril 1818 que la conscience de M. le procureur général étoit si timorée, et c'est en mars 1819 que sa conscience le force à poursuivre d'office pour le même crime de duel.

A cette même époque j'écrivis à M. le procureur du Roi, une lettre dont je reparlerai, puisque c'est sur cette lettre qu'est basée l'accusation en assassinat dirigée aujourd'hui contre moi. Dans ce même temps, une note insultante sur M. de Saint-Morys fut insérée dans un journal anglais fait à Paris. J'avois des raisons pour ne pas douter d'où elle partoit. Je m'adressai donc directement au ministre de la police, pour l'informer que les choses en étant venues à ce point, j'étois déterminée à ne plus garder le silence ; que je rendois plainte contre l'éditeur du journal ; et je

priois Son Excellence de laisser insérer une note à
ce sujet, que j'envoyai aux journalistes. Cette note
a paru, à la vérité, mais tronquée à n'être pas re-
connoissable. On avoit des raisons pour désirer que
ma plainte n'eût pas d'effet ; on voulut l'obtenir par
des menaces, puis par des promesses ; mais ce sentiment d'honneur qui a dirigé toutes mes démarches,
me fit persister à demander la punition du calomniateur assez lâche pour insulter l'homme qui est dans
la tombe. Après plusieurs pourparlers, tant avec le
ministre qu'avec M. le procureur général et M. le
procureur du Roi, ma plainte, présentée le 28 mars,
fut enfin reçue le 1er juin. M. le procureur du Roi
eut alors la complaisance de me prévenir qu'on lui
avoit dit que le sieur Dufay m'attaquoit en calomnie. Assurément, personne ne pouvoit mieux le savoir que lui. Je pris cet avis pour une menace, et
je n'en tins que plus fortement à ma détermination
de poursuivre. Les deux procès furent suivis en même
temps. Le sieur Pleffer, auteur de la note calom-
nieuse contre M. de Saint-Morys, fut condamné (1),
et moi je le fus comme ayant calomnié le sieur
Dufay.

Dans ce procès, digne de notre siècle, on vit l'a-
vocat, oubliant ce que lui imposoit le respect pour
la morale, pour la religion et pour les juges, entrer
avec une sorte de triomphe dans des détails révol-

---

(1) Ce jugement, confirmé à la Cour royale, n'a pas encore eu
son exécution, et pourra bien ne la recevoir jamais.

tans sur un crime qui ne peut jamais cesser de l'être, selon les lois divines et humaines; et les juges ne se sont pas crus autorisés à lui imposer silence ! « Tant
» il est vrai que l'homme une fois écarté du sentier
» étroit de la vérité, s'égare à mesure qu'il avance
» dans les routes infinies de l'erreur, et ne peut re-
» trouver de repos qu'en revenant au point fixe d'où
» il est parti (1)! » C'est ce que veut faire aujourd'hui M. Bellart; il seroit parvenu à ce but avec autant d'adresse que d'honneur, s'il eût demandé une loi pour perfectionner le Code pénal, puisque l'année passée il n'y avoit pas trouvé de loi contre le duel. On auroit su gré au magistrat qui, dans le doute, eût pris le parti de l'indulgence, quand, d'un autre côté, il se seroit montré ami de l'ordre, de la justice, et juge impartial ; et peut-être que, par égard pour mes malheurs comme pour lui-même, il n'au-roit pas dû déclarer que positivement il m'avoit été fait un déni de justice.

Repoussée de toutes les cours quand j'ai attaqué le sieur Dufay ; condamnée quand c'est lui qui m'at-taque, j'appelai du jugement rendu contre moi en première instance; et décidée à me défendre moi-même, je me retirai à la campagne pour m'en oc-cuper.

Le 4 septembre, en arrivant à Paris, j'appris, chez un de mes conseils, que le sieur Dufay avoit été assassiné le 1er septembre, à huit heures du soir,

---

(1) Du Divorce au dix-neuvième siècle, par M. de Bonald.

par deux hommes qui l'attaquèrent comme il son-
noit à sa porte, et le frappèrent au ventre. D'autres
me dirent qu'il s'étoit battu avec M. de Fargues,
le même jour, et que ce prétendu assassinat étoit
un coup d'épée qu'il avoit reçu. Cependant M. le
procureur du Roi, à qui j'en parlai, me dit qu'il
avoit, à la vérité, dû se battre, mais que l'affaire
avoit été arrangée. Il me fut dit aussi qu'on me nommoit, et qu'on faisoit courir le bruit que c'étoit moi
qui avois assassiné le sieur Dufay. Ces propos me
parurent totalement absurdes; cependant, mes amis
m'assurant que vraiment j'étois désignée, je me rendis chez M. de Marchangy, chez qui j'avois l'intention d'aller pour autre chose, et qui d'ailleurs m'a-
voit témoigné de l'intérêt : je lui demandai si ce
prétendu assassinat, et les bruits absurdes que l'on
faisoit répandre sur moi, méritoient que j'y arrê-
tasse mon attention. Quelle fut ma surprise d'entendre M. Marchangy m'assurer que cela étoit
sérieux, et que l'on me désignoit comme auteur de
ce crime! Je fus, je l'avoue, transportée de la plus
violente indignation; et, dans ma colère, je lui dis
qu'il m'étoit impossible de ne pas voir là-dedans un
machiavélisme effroyable pour entraîner ma perte.
M. de Marchangy, après m'avoir dit tout ce qu'il
crut propre à m'ôter cette funeste idée, me conseilla
de me rendre chez M. le procureur du Roi : je ré-
pugnois beaucoup à faire cette démarche; mais mon
conseil ayant pensé qu'elle étoit sans inconvénient,
je m'y rendis le dimanche, 6 septembre. Il étoit

sorti : charmée de ne l'avoir pas trouvé , je me promis
de n'y plus retourner à moins que d'y être mandée,
ce qui ne fut pas long. Le lundi matin, je reçus
une lettre par laquelle M. le procureur du Roi m'in-
vitoit à retourner chez lui ; j'y fus de suite. Après
lui avoir expliqué la manière dont j'avois appris cet
assassinat en arrivant à Paris, M. le procureur du
Roi parut surpris, et me dit qu'il croyoit que je devois y être ce jour-là. En effet il avoit pu le penser,
puisque , d'après la demande que m'avoit fait faire
M. de Marchangy de passer chez lui , je lui avois écrit
le 22 août pour le prier de remettre ma visite à huit
à dix jours, ne comptant quitter la campagne qu'à
cette époque, ce qui tomboit du 1er au 2 septembre ;
et M. de Marchangy avoit pu montrer ma lettre,
puisqu'elle étoit autant pour M. le procureur du
Roi que pour lui. Ainsi il est vrai que l'on devoit
me croire à Paris ce jour-là , quoiqu'un hasard, heureux par l'événement, m'eût empêchée de m'y rendre
au jour indiqué. Après cette explication, M. le procureur du Roi ayant de suite ajouté qu'il étoit prêt
à m'entendre, je fus tout à coup vivement frappée de
l'inconvenance de ma démarche, et je m'en exprimai
ainsi, et ne lui dissimulai pas que je ne m'étois déterminée à venir chez lui que parce que mon conseil et
M. de Marchangy m'avoient assurée qu'il n'y avoit
nul inconvénient dans cette visite : j'ajoutai de suite
qu'assurément il devoit bien penser que je ne ve-
nois pas lui demander l'instruction ; qu'une demande
semblable étoit au-dessous de moi ; que mon seul

but, en venant chez lui, avoit été de savoir si réel-
lement le sieur Dufay avoit été assassiné, et s'il étoit
vrai qu'on me désignât comme auteur de cet assassinat. M. le procureur du Roi me répondit affirma-
tivement à ma première question, et ajouta, pour
ce qui me regardoit, qu'à la vérité la rumeur publique me désignoit, mais que le sieur Dufay ne
me nommoit pas (1). J'avoue qu'à ce mot de rumeur
publique, je ne pus m'empêcher de lui dire en
souriant qu'il savoit mieux que moi comment se
faisoit cette rumeur soi-disant publique et souverainement méprisable, et j'ajoutai : « On dit au Palais,
» Monsieur, que je vous ai écrit une lettre que
» le sieur Mauguin a vue, et dans laquelle je dis
» que, si je n'obtiens pas justice, je me la ferai
» moi-même. » On ajoute que vous-même avez dit
que les soupçons ne peuvent tomber que sur moi.
M. le procureur du Roi démentit formellement ce
qui m'avoit été dit à cet égard. Ne me ressouvenant
pas exactement des expressions dont je m'étois ser-
vie dans cette lettre, je lui demandai permission de
la voir; mais il m'assura à plusieurs reprises qu'il
l'avoit brûlée à l'instant même où il l'avoit reçue,
et ajouta que si de semblables expressions s'y fussent
trouvées, c'eût été vis-à-vis de moi qu'il s'en
seroit expliqué, et non avec l'avocat de mon adversaire. Avant de quitter M. le procureur du Roi, il

____

(1) Et cependant il se trouve aujourd'hui qu'il a rendu plainte
en assassinat contre moi.

fut convenu que je me rendrois chez M. Grandet, juge d'instruction ; et, en effet, sur son invitation je m'y rendis le même jour. J'ai lieu de croire que l'on désiroit que je consentisse à ce que l'instruction fût commencée à ma demande ; mais je m'y opposai formellement.

Le 11 septembre, M. le procureur du Roi m'écrivit de nouveau de passer chez lui ; mais étant retournée à la campagne, ce fut Mme de Gaudechart, ma fille, qui s'y rendit à ma place. Quel fut son étonnement d'entendre M. le procureur du Roi s'excuser à l'avance sur ce qu'il craignoit que je ne l'accusasse de trahison, et dire que cette même lettre, qu'il m'avoit assuré si positivement avoir brûlée, étoit au dossier de l'affaire d'assassinat du sieur Dufay ; qu'elle étoit cotée et paraphée n° 46 ! En effet, ma fille à qui elle fut montrée, reconnut mon écriture, et s'assura que c'étoit cette même lettre que j'avois écrite dans toute l'indignation que m'inspiroient les propos qui me revenoient de toutes parts, que le sieur Dufay se vantoit qu'il alloit être acquitté, et que dans le meurtre de Saint-Morys il n'y avoit ni crime ni délit.

Voici cette lettre qu'il ne me sera pas difficile d'expliquer.

Paris, ce 15 mars 1818.

« M. le Procureur du Roi,

» Ayez pitié, je vous en conjure, de ma douleur » et de mes malheurs ; c'est à vos genoux que j'im-

» plore non seulement votre justice, mais votre
» humanité.

» Barbier se vante hautement qu'il va être ac-
» quitté ; déjà il menace ! Plusieurs personnes lui
» ont entendu dire au ministère de l'intérieur, qu'il
» alloit retourner à Houdainville, et que si on lui
» résistoit, *il tueroit l'adjoint* comme il a tué le
» maire (1)! Ayez pitié, je vous en conjure, de
» notre cruelle position : obligées par la fortune de
» demeurer presque dans la même enceinte que cet
» homme, puis-je jamais me résigner à avoir sous
» mes yeux l'assassin de mon mari? Epargnez-moi,
» M. le procureur du Roi, épargnez peut-être un
» crime. Je ne demande pas la mort de cet homme,
» quoiqu'il ait tué mon mari ; mais qu'une *seconde*
» *fois* il soit *juridiquement flétri ;* que, par suite, il
» quitte le pays ; et je tâcherai d'oublier, s'il se
» peut, tout le mal qu'il m'a fait. Mais, seroit-il
» possible, en effet, que ce fût en vain que j'aurois
» imploré la justice pour punir un crime? Faudra-
» t-il que moi seule je reste chargée de le punir?
» Ma tête s'égare, mon indignation est à son comble.
» Il faudroit donc que, suivant la marche que cet
» homme m'a tracée, je le provoquasse à un *assas-*
» *sinat sous la forme d'un duel ;* que le dépôt légal
» en fût fait à la police générale ; que ce pamphlet
» soit distribué à la cour, à la ville, dans les cam-
» pagnes et jusqu'au pied du trône ; qu'en tête soit

---

(1) M. de Saint-Morys étoit maire à Houdainville.

» imprimé le jugement rendu en faveur de Barbier-
» Dufay, qui deviendroit à moi ma sauve-garde
» pour un pareil attentat? Non, je ne puis croire
» que jamais la justice me réduise à une telle extré-
» mité. Lisez mon Mémoire attentivement, M. le
» procureur du Roi, lisez-le, plaignez, et sachez
» quelque gré à la veuve malheureuse qui, réduite
» à justifier la mémoire de son mari, au milieu de
» l'emportement de la douleur, sait encore taire
» une partie de la vérité. Que ma douleur et mon
» désespoir, Monsieur, soient mon excuse près de
» vous : je sais tout ce que je vous dois, je le sens
» vivement; mais, ôtez-moi la vie plutôt que de
» m'exposer à l'horrible nécessité de vivre près de
» l'homme qui a tué mon mari, qui a tué celui que
» je pleurerai toujours, celui qui étoit le modèle de
» tout ce que la vertu, l'honneur et la morale
» peuvent présenter de plus beau. Daignez encore
» une fois, M. le procureur du Roi, prendre pitié
» de mes vives alarmes ; c'est non seulement comme
» juge que je vous en conjure, mais comme homme
» moral et sensible, qui sentez, j'en suis sûre,
» toutes mes angoisses et toutes mes douleurs.
 » J'ai l'honneur d'être, etc.
  » *Signé* la Comtesse DE SAINT-MORYS. »

Dans cette lettre à M. le procureur du Roi, et
absolument confidentielle, écrite sept mois avant le
prétendu assassinat du sieur Dufay, on voit qu'au
milieu de l'égarement dont elle porte le caractère,

je l'implorois avec l'accent de la douleur, comme homme moral et sensible, d'être *juste* (M. Bellart vient de prononcer qu'on ne l'a pas été envers moi). Il est probable que si j'avois jamais pu concevoir la pensée d'un assassinat, je n'aurois pas été sept mois à l'avance mettre mon juge dans le secret d'un tel projet; et je demanderai à M. le procureur du Roi s'il a vu beaucoup de criminels agir avec cette franchise. Mais si cette lettre pouvoit donner la crainte que je ne me portasse à cet excès, M. le procureur du Roi a-t-il fait son devoir? S'il ne m'en a pas crue capable, pourquoi m'en accuser? Et si je suis accusée, pourquoi depuis huit mois reste-t-on dans une inaction inexplicable? La justice doit non seulement punir le crime, mais le prévenir quand elle en est instruite. Pourquoi faut-il que pour moi comme pour M. de Saint-Morys j'aie le même reproche à faire à M. le procureur du Roi, de n'avoir rien su prévenir? Cependant, j'en conviens, cette lettre qui peut-être auroit dû me faire rendre justice, étoit imprudente, et surtout imprévoyante : l'événement l'a prouvé. Mais enfin, quelles sont les phrases qui peuvent en ce moment faire croire que c'est moi qui ai fait assassiner le sieur Dufay? On y voit d'abord une amère ironie en présentant la conduite qu'a tenue le sieur Dufay envers M. de Saint-Morys, comme modèle de celle que j'aurois à suivre si je n'obtenois pas justice. Conséquente avec moi-même et avec mes principes, j'appelle *crime* l'action de *tuer*, même en duel; et de même que je dis : *Epar-*

gnez-moi peut-être un crime, je dis également : *Se-roit-il possible que ce fût en vain que j'aurois imploré la justice pour punir un crime ?* et, certes, il ne peut y avoir d'équivoque quand j'ajoute de suite : *Il faudroit donc que je le provoquasse* (**Dufay**), *par lettres imprimées, à un* ASSASSINAT, *sous la forme d'un* DUEL, *etc.* C'étoit rappeler à M. le procureur du Roi, que le sieur Dufay avoit provoqué, par *lettres imprimées*, son adversaire à un *assassinat;* conséquemment, que l'article de la légitime défense ne pouvoit lui être appliqué. *Et, enfin, j'ajoutois* « *que je ferois imprimer en tête l'arrêt rendu en* » *faveur du sieur Barbier-Dufay, qui deviendroit à* » *moi ma sauve-garde pour un pareil attentat.* » Donc, si j'établissois similitude dans le jugement, c'est que j'établissois similitude dans le délit. Mais à quoi bon me donner tant de peine pour prouver que le mot *crime*, non seulement ne devoit, mais ne pouvoit s'appliquer qu'à l'idée d'un *duel*. Grâce à M. Bellart, j'ai encore sa lettre pour me tirer de cet embarras, lettre précieuse pour moi, puisqu'elle nous assure que, cette année, *tuer*, même en légitime défense, est un *crime* dont le jury seul peut recevoir l'excuse. Au reste, cette lettre et le rapport de M. Bellart à la Chambre des Pairs, disent plus que tout ce que j'ai dit, plus que tout ce que j'ai voulu faire entendre.

Depuis cette époque du mois de septembre dernier, n'ayant pas été interrogée, je n'ai point eu la possibilité de connoître si j'étois accusée, ou même

désignée nominativement, quoique le sieur Dufay
se fût rendu partie civile au mois de novembre dernier. Ainsi, je devois croire qu'on avoit abandonné
l'instruction de cette affaire, ou que je n'y étois pas
impliquée; mais, à ma grande surprise, j'apprends
que le 18 février dernier le sieur Dufay a mis
opposition à ce que les pièces déposées par moi au
premier procès, me fussent rendues. Cette opposition, dont je me suis fait donner une copie légale,
est motivée sur la nécessité de ces mêmes pièces pour
l'instruction des poursuites dirigées contre moi, en
assassinat, par M. le procureur du Roi, et sur la
plainte en assassinat du sieur Dufay, rendue également contre moi. J'espère que mon caractère est
assez connu pour qu'on ne doute pas de la chaleur
que je saurai mettre pour faire terminer promptement cette instruction, et démontrer tout ce qu'a
d'odieux la conduite de mes ennemis envers moi.
Si, par un sentiment de dignité que tout le monde
approuvera, je me suis d'abord refusée à demander
l'instruction, on sentira aussi, je n'en doute pas,
que du moment où j'apprends que je suis accusée,
je ne puis pas laisser en suspens une accusation aussi
odieuse. Quoi qu'il en soit, je répéterai ici ce que
j'ai déjà fait entendre : forte du sentiment d'honneur qui a dirigé toutes mes actions, forte de ma
conscience, je ne me laisserai point abattre.

Enfin, en dernier résumé, on voit un homme qui,
à tout prix, veut la mort de son adversaire; il la
veut avec ostentation; toutes les autorités sont pré-

venues par la publicité et le dépôt des lettres de provocations, et toutes restent silencieusement spectatrices de l'action qui doit enlever un citoyen à l'Etat! Cet homme, après avoir provoqué, par ces mêmes lettres, à un assassinat, consent enfin le 20 juillet à se battre, pourvu que le combat soit à mort; et tout le monde s'empresse pour que le combat *à mort* ait lieu.

Ah! je le répète, un calomniateur semblable méritoit-il l'assistance de l'autorité? Et sans doute on ne prétendra pas nier çette assistance; car si le ministère, qui est instruit, ne prévient le crime, il l'encourage par le seul fait de son inaction. Mais que dire, quand ensuite le crime est consommé, de voir que ces mêmes autorités semblent se réunir pour sauver le coupable par une fausse application de la loi?

Cependant l'action de ce coupable (le sieur Dufay) porte tous les caractères d'un assassinat fait avec préméditation, et néanmoins il n'a été accusé que d'homicide volontaire. Un noble pair, accusé de complicité de cet homicide volontaire, est défendu à la Chambre des Pairs par M. le commissaire du Roi, remplissant les fonctions du ministère public; il soutient que le pair impliqué a fait son devoir en voulant un duel, même (s'il l'eût fallu) en y contraignant son subordonné. Malgré les lettres du sieur Dufay, des 6 juin et 20 juillet, reconnues par lui en justice, et par lesquelles il proteste ne vouloir se battre qu'autant que le combat sera à mort, M. le commissaire du Roi pense que le noble pair ne savoit pas que le combat dût être à mort, et l'eût-il su, il soutient qu'il n'y a pas de loi en vigueur contre le duel ; et, pour appuyer son opinion, il invoque ces mêmes lois sur l'homicide volontaire, dont aujourd'hui il se sert (avec raison) pour poursuivre un autre duel.

Les chambres. du conseil et d'accusation, qui ne devoient connoître que de l'existence du fait, et non le juger, usèrent d'un droit qu'elles n'avoient point, en reconnoissant l'homicide, les provocations, et y faisant l'application de l'article 328 du Code, ce qui constitue un jugement qui, seul, appartient aux jurés.

On a beaucoup parlé « *du faste de ma douleur,*
» *de l'éclat et de l'opiniâtreté de mes poursuites qui*
» *rappeloient,* disoit-on, *les coutumes des temps*
» *anciens, qui mettoient la vengeance au rang des*
» *devoirs les plus sacrés, rendoient les haines héré-*
» *ditaires, et faisoient du crêpe funèbre un étendard*
» *à mort* (1); » et cependant, tout ce faste, tout cet éclat, se réduisent au simple devoir de poursuivre le meurtrier d'un père et d'un époux, ainsi que l'a exercé M. Fualdès fils, que, certes, personne n'a pensé blâmer : la seule différence entre lui et moi, c'est qu'il agissoit, *protégé* par le ministère public, et que moi j'ai constamment agi *malgré* le ministère

____

(1) Discours de M. de Marchangy, à l'audience de la police correctionnelle du 14 août 1818.

public. Quant à l'opiniâtreté de mes poursuites, dont il a été *tant parlé*, elles ont fini le 9 mai 1818, par l'arrêt rendu en faveur de mon adversaire. Depuis ce temps, on peut remarquer, par le récit qui précède, que constamment le sieur Dufay a été mis en avant pour me poursuivre et contrecarrer mes démarches. En effet, on voit qu'aussitôt que je veux poursuivre l'auteur d'une note insultante contre la mémoire de M. de Saint-Morys, le sieur Dufay m'attaque en calomnie. Condamnée en première instance, j'appelle de ce jugement, et annonce l'intention de me défendre moi-même; aussitôt arrive le prétendu assassinat dont l'on affecte de me croire l'auteur. Je méprise une semblable accusation qui n'est encore qu'un *on dit;* et, passant outre, je me défends moi-même devant la Cour royale. Je crois avoir mis dans mon plaidoyer assez de modération, sans foiblesse toutefois, pour désarmer mes ennemis : vain espoir : le sieur Dufay se porte partie civile. Enfin, je crois cette absurde accusation jugée ce qu'elle est; je demande mes papiers déposés au Palais; on me présente une opposition du sieur Dufay, motivée sur la nécessité de ces papiers pour l'instruction sur la plainte rendue contre moi en assassinat. Quand finiront donc le scandale et l'indécence de voir un meurtrier traîner constamment dans les tribunaux la veuve de sa victime? Et je demande où cela mènera? Ce que l'on fera de plus, en suivant le même système, quand l'accusation en assassinat sera terminée, je le répète, que fera-t-on?

A Dieu ne plaise qu'il soit en moi de blâmer les poursuites dirigées contre un duel, parce que j'aurois éprouvé une grande injustice; et mes amis savent que personne plus que moi n'a désiré voir créer une loi répressive du duel. La première j'applaudis à M. Bellart, et le félicite de chercher à arrêter, quand il en est temps encore, le désordre résultant des premières délibérations prises dans mon affaire. S'il est pénible de montrer qu'on s'est laissé égarer, il y a du courage à retourner au point d'où l'on est parti, et à ne pas continuer sciemment à parcourir une route d'erreur, qui, infailliblement, eût amené une désorganisation complète de la société. Puissent tous ceux qui sont ainsi égarés par les passions, s'arrêter également quand il en est temps encore, et, *retournant au point fixe d'où ils sont partis*, rentrer dans la route des devoirs, la seule qui soit vraie, la seule où l'on ne s'égare jamais.

Après avoir fait connoître le rapport de M. Bellart à la Chambre des Pairs, et les différens arrêts qui en furent la suite (1), on me saura gré de faire aussi connoître celui rendu par la Cour royale sur mon appel en calomnie : ce n'est pas parce qu'il seroit en ma faveur, que j'y donnerois des éloges; car il supprime d'*office* mes Mémoires, mais parce qu'il porte un beau et grand caractère de moralité, tel qu'on auroit voulu le voir dans les autres arrêts

---

(1) Voyez à la fin de l'ouvrage.

qui ont précédé, même étant rendus en faveur de mon adversaire. Ce que les juges eussent fait comme hommes, dans ce cas, eût consolé de ce qu'ils ne se croient pas en droit de faire comme juges. Ici on voit des magistrats qui, sans être appelés à con‑ noître du meurtre qui a eu lieu, usant cependant du droit que la loi leur accorde, repoussent du sanctuaire de la justice un homme, non parce qu'il accuse injustement, mais parce qu'ils trouvent contraire à la morale et à la religion d'accueillir une plainte présentée par celui dont la main s'est trempée dans le sang du père et du mari de celles qu'il accuse ; et, à l'honneur de la magistrature, ils marquent du sceau éternel de réprobation le front du meurtrier.

Extrait du Réquisitoire du commissaire du Roi près la Cour des Pairs, séance du samedi 31 janvier 1818.

Après avoir exposé les faits tels qu'ils ont été rendus dans les Mémoires publiés il y a un an par moi, M. le commissaire du Roi s'exprime ainsi, page 3o jusqu'à 48 : « A présent que les faits sont réunis en masse, et qu'il s'agit d'en extraire ce qu'ils peuvent offrir de criminel ou de répréhensible, le commissaire spécial du Roi ne craint point de dire qu'il suffit de cet instinct de justice naturelle et de vérité qui ne trompe jamais, pour rester convaincu qu'il n'y a pas matière à accusation. »

En recherchant avec conscience et sincérité l'esprit et les intentions qu'a portés M. le duc de Grammont dans cette pénible contention de l'honneur militaire aux prises avec un préjugé cruel, mais dont l'existence ne sauroit être niée de bonne foi, on voit un officier – général jaloux de

la gloire de son corps, effrayé des mauvaises interpréta-
tions que pourroient donner la malignité ou l'envie à la
tolérance débonnaire avec laquelle le corps auroit souffert
dans ses rangs un membre outragé publiquement outre
mesure, et qui n'apporteroit pour réparation de l'outrage
que des protestations d'avoir tout tenté sans succès pour
obtenir une réparation toujours refusée; convaincu que
ces protestations ne suffisoient pas pour faire taire les
les malveillans, dans la position surtout d'un corps nouveau qui, bien que formé d'individus éprouvés et pleins
de courage, n'avoit pas encore eu, comme corps, les
occasions de se composer ces traditions de vieille bravoure
cent fois mises à l'épreuve, et de hauts faits avec lesquels
des corps anciens peuvent facilement repousser les juge-
mens injustes; frappé enfin de l'indispensable nécessité,
pour ce membre si malheureusement outragé, de réfuter,
non pas par des explications sur lesquelles les mauvais
esprits peuvent gloser, mais par un fait matériel et dont
il n'y ait pas de perfide interprétation possible, le doute
injurieux que la malveillance pouvoit élever sur le corps
et sur ses membres.

Cette opinion, qu'a évidemment conçue M. le duc de
Grammont, sur le devoir de M. de Saint-Morys, d'arracher à son adversaire, à tout prix, et fût-ce au prix d'un
duel, la réparation d'un outrage aussi public, et la conduite qu'il a tenue dans cette opinion, ont-elles constitué
un crime et une complicité d'homicide en présence de la
loi?

La raison, la conscience, répondent que non.

La conscience et la raison disent que M. de Grammont
obéissoit, en gémissant, aux lois de la fatalité; qu'il
décidoit pour M. de Saint-Morys, comme il auroit décidé
pour lui-même, pour son meilleur ami, pour son fils
unique; qu'il agissoit dans le sens, non d'aucune inimitié
pour M. de Saint-Morys, non d'aucune volonté de faire

du mal à lui ou à personne, mais dans le sens de l'intérêt qu'il prenoit à l'honneur même de M. de Saint-Morys, et surtout à l'honneur de son corps ; mais dans un systéme d'obéissance passive à des notions d'une délicatesse extrême, qui n'admettoient, suivant lui, ni résistance directe à ce qu'elles prescrivent impérieusement, ni moyens indirects de les éluder. M. le duc de Grammont n'étoit ni un meurtrier, ni un complice de meurtre. Il étoit un soldat pénétré des devoirs et des préjugés de son état, persuadé, comme le sont tous les militaires, que des outrages publics ne s'effacent que par une réparation solennelle et spontanée, ou par le sang, et préférant pour lui et pour ses propres amis, la mort même, les armes à la main, à l'infamie de dévorer un affront.

M. le duc de Grammont se trompoit-il dans cette opinion ? lui étoit-il permis de préférer les lois non écrites de l'honneur aux lois positives de son pays qui défendent toutes violences? pouvoit-il être d'avis de recourir à la voie du duel, lorsqu'après tout la mort d'un des combattans, arrivée dans un duel, est rangée, par notre législation, dans la classe des homicides volontaires?

A Dieu ne plaise que dans ce premier et ce plus éminent des sanctuaires de la justice, et dans cet auguste sénat qui, honoré par la Charte d'une réunion de pouvoirs, dont elle n'offre pas d'autre exemple, et appelé, tout à la fois, à former et à faire respecter les lois, le commissaire spécial du Roi vienne tenir un langage indigne d'elles, en applaudissant à des pensées que leur morale réprouve, bien que leurs dispositions ne les atteignent pas!

Ici une page en contradiction avec la précédente, sur ceux « qui violent les préceptes de la religion, qui a horreur de ces sacrifices de victimes humaines, offerts par » l'orgueil à la féroce idole du point d'honneur, etc.... »
Continuons, page 35.

« Mais ce n'est point de ces blâmes de la sagesse, de la morale et de la religion dont il s'agit en ce moment. Il s'agit de voir s'il existe, dans la législation française actuelle, quelque disposition qui érige en crime l'opinion qu'un militaire ne peut se dispenser de se battre en duel pour se laver d'un outrage, et le conseil fortement prononcé d'un chef de corps, que son subordonné fléchisse sur cette nécessité. »

Or, il n'y en a aucune. »

- Les lois de Louis XIV, sur les duels, sur ceux qui les provoquoient, ceux qui les assistoient, les ordonnoient ou les autorisoient, ne subsistent plus. Elles ont été abrogées par la loi du 6 octobre 1791. Si elles ne l'eussent pas été par cette loi, elles l'auroient été par le dernier Code pénal.

Quelques esprits ont paru douter de ce point ; pour dissiper ces doutes, il suffit de lire l'article final de la loi du 6 octobre 1791. Il est ainsi conçu :

« Pour tout fait antérieur à la publication du présent
» Code, si le fait est qualifié crime par les lois actuelle-
» ment existantes, et qu'il ne le soit pas par le présent
» décret ; ou si le fait est qualifié crime par le présent
» Code, et qu'il ne le soit pas par les lois anciennes,
» l'accusé sera acquitté, sauf à être correctionnellement
» puni, s'il y échéoit. »

En appliquant cette disposition au duel, il est évident que cet acte a cessé d'être un crime spécial, puisque son nom ne se trouve pas même prononcé dans la loi. Il est retombé dans la classe des homicides volontaires, pour ceux qui ont concouru à l'action matérielle du combat.

Il est si vrai que le crime du duel proprement dit est effacé, par la loi du 6 octobre, de la nomenclature des actions donnant ouverture aux poursuites spéciales déterminées par les lois précédentes, que, sur un référé du tribunal de Seine et Oise, qui hésitoit à poursuivre une provocation en duel, et sur le rapport qu'en fit à la Convention le comité de législation, fut porté, le 29 messidor an II, le décret suivant, ainsi conçu :

« Il n'y a pas lieu à délibérer. Renvoie à sa commis-
» sion du recensement et de la rédaction complète des
» lois, pour examiner et proposer les moyens d'empê-
» cher les duels, et la peine à infliger à ceux qui s'en
» rendroient coupables, ou qui le provoqueroient. »

La commission à laquelle ce décret renvoyoit l'exa-men de la question de savoir si et comment le duel devroit être puni à l'avenir, n'a fait sur cette question aucun rapport, et les choses sont, à cet égard, demeurées dans le même état où elles étoient à l'époque de ce décret.

La prudence du législateur est restée dans les mêmes termes, lors de la confection du dernier Code pénal. C'est avec intention que le mot de *duel* n'y a pas été prononcé plus que dans le précédent, et cette intention est ouvertement développée dans le rapport que fit l'orateur de la loi, en la présentant au Corps législatif. Il s'exprime en ces termes :

« Vous me demandez peut-être, Messieurs, dit
» l'orateur, pourquoi les auteurs du projet de loi n'ont
» pas désigné particulièrement un attentat aux per-
» sonnes, trop malheureusement connu sous le nom
» de *duel*, c'est qu'il se trouve compris dans les dis-
» positions générales qui vous sont soumises. Nos Rois,
» en créant des juges d'exception pour ce crime, l'avoient
» presque ennobli ; ils avoient consacré les atteintes au
» point d'honneur, en voulant les graduer ou les pré-
» venir ; en outrant la sévérité des peines, ils avoient
» manqué le but qu'ils vouloient atteindre.

» Le projet n'a pas dû particulariser une espèce
» qui est comprise dans un genre dont il donne les
» caractères.

» Si la mort est le résultat de lá défense à une irrup-
» tion inopinée, à une provocation soudaine à main
» armée, elle peut, suivant les circonstances et la viva-
» cité de l'agression, être classée parmi les crimes légi-
» times ou excusables.

» Si le duel a suivi immédiatement des menaces, des
» jactances, des injures ; si les combattans ont pu être
» entraînés par l'emportement de la passion ; s'ils ont agi
» dans l'ébullition de la colère, ils seront classés parmi
» les meurtriers.

» Mais si les coupables ont médité, projeté, arrêté à
» l'avance cet étrange combat ; si la raison a pu se faire
» entendre, et s'ils ont méconnu sa voix, et, au mépris
» de l'autorité, cherché, dans une arène homicide, la
» punition qu'ils ne devoient attendre que du glaive de
» la loi, ils seront des assassins.

» En vain voudroit-on invoquer une convention entre
» les duellistes, et la réciprocité des chances qu'ils ont
» voulu courir dans une \action qui, le plus souvent,
» n'offre de la volonté que les apparences ; et omment
» d'ailleurs chercher un usage légitime de la liberté, dans
» l'horrible alternative de se faire égorger ou de donner
» la mort ? Sans doute, une fausse opinion cerne et pro-
» tège les coupables, elle les égare et les excite par une
» méprise d'idées sur la bravoure, l'honneur et la ven-
» geance ; et cette fausse opinion parvient peut-être à
» leur persuader qu'il est ignoble d'attendre de la marche
» grave et lente de la justice la réparation d'un outrage,
» et qu'on ne doit porter aux tribunaux que les contesta-
» tions qui prennent leur source dans des intérêts pécu-
» niaires. La loi ne sauroit transiger avec un aussi ab-
» surde préjugé, et cependant l'extirpation de ce préjugé
» a, depuis long-temps, échappé à la puissance législa-
» tive.»

Il ne sauroit donc plus être question dans les tribu-

naux du crime de duel proprement dit, ni des lois anciennes qui s'y rattachoient. Le duel suivi de mort est un
homicide, et c'est sous ce rapport seul qu'il peut y être
envisagé (1).

En le circonscrivan dans ce cercle, il est évident,
pour le bon sens, que M. le duc de Grammont; en ad-
mettant tous les faits tels qu'ils sont posés par la plainte,
ne peut être regardé comme complice de l'homicide de
M. de Saint-Morys. D'abord, nulle part on ne voit qu'il
ait jamais compris ni voulu qu'il y eût un duel à mort.
Ce qu'on y pourroit soupçonner, c'est qu'il pensoit,
désiroit, vouloit que l'honneur du corps et de l'individu
fût lavé par une réparation. « *Tout cela ne peut pas finir
par une feuille de papier, il faut un coup d'épée ou de pisto-
let.* » Il y a, certes, loin de cet avis, de ce conseil, de cet
ordre enfin, si l'on veut, à la complicité d'un homicide.
Tout révèle dans la plainte même que M. le duc de
Grammont n'avoit garde de rouler une si cruelle pensée:
il n'avoit qu'un intérêt, l'honneur de son corps; il ne
voyoit qu'un moyen, le moyen d'usage, qui n'est pas la
mort, mais le péril bravé les armes à la main. Encore
une fois, on peut lui reprocher cette fausse idée ; mais la
justice ordonne de ne pas aggraver la censure au-delà de
ses bornes ; jamais il n'avoit pensé au combat à mort.

Et plus loin, page 42, M. le commissaire du Roi
ajoute :

« Cette complicité est un être de raison. »

Il ne peut donc servir de prétexte à une instruction qui

---

(1) Aussi n'est-ce pas une plainte en duel que j'ai rendue, mais
une plainte en homicide volontaire. Il seroit fastidieux de relever
toutes les contradictions qui se trouvent entassées les unes sur les
autres dans ce rapport. Ce qui paroît surprenant, c'est qu'en donnant l'arrêt de la Cour royale, M. le procureur-général ne se soit
pas rappelé le discours qu'il cite.

ne feroit que du scandale, sans jamais mener la justice
à un but utile.

Page 43. En conséquence, le commissaire spécial de
Sa Majesté requiert qu'il plaise à la Cour des Pairs lui
donner acte du dépôt qu'il fait sur le bureau des plaintes
rendues par Mmes de Saint-Morys, contre les meurtriers
de leur mari et père, et leurs complices, ensemble de
l'instruction qui les a précédées et suivies : et, statuant
sur ces plaintes, attendu que des faits tels qu'ils sont
posés dans les plaintes, il ne résulte contre M. le duc de
Grammont rien qui puisse lui être imputé à crime ou
délit, d'où il suit que toute instruction ultérieure seroit
inutile et frustratoire, puisqu'en supposant qu'il en sortît
une démonstration complète des faits comme ils sont
racontés, cette démonstration ne prouveroit aucune cul-
pabilité, dire qu'il n'y a lieu à suivre contre M. le duc
de Grammont, et quant aux autres prévenus, les renvoyer
avec le procès devant les juges qui en doivent connoître.

Fait en notre cabinet, au palais de la Cour des Pairs,
le 29 janvier 1818.

> Le conseiller d'Etat, procureur – général près la
> Cour royale, commissaire spécial pour exercer
> les fonctions du ministère public, près la Cour
> des Pairs,

Signé BELLART.

Ce plaidoyer, prononcé en faveur de M. le duc de
Grammont, par l'organe du ministère public, fut suivi
d'un second réquisitoire ou *plaidoye* qu'on me saura gré
de faire connoître également.

A MM. les Pairs de France, formés en Cour des Pairs.

Le conseiller d'Etat, etc., a l'honneur d'exposer que,
par requête de ce jour, Mmes de Saint-Morys ont requis
qu'il plaise à la Cour nommer un pair instructeur, ou

que, dans le cas où elle ne le croiroit pas convenable ; il lui plût accorder aux plaignantes le délai d'un mois pour produire de nouvelles pièces et de nouvelles charges.

L'Exposant ne croit pas que cette demande doive rien changer ni aux conclusions portées en son réquisitoire du 29, ni à la détermination que par ce réquisitoire il a eu l'honneur de proposer de prendre.

Les droits des accusés sont sacrés.

L'affreuse incertitude, qui fait planer sur leur position une accusation dont la qualité est si outrageante pour eux, ne sauroit cesser trop vité (1.)

Sans doute ce n'est point une raison pour que la justice de MM. les pairs ne prenne pas tous les moyens, et n'use pas de tous les délais nécessaires pour parvenir à connoître la vérité.

Mais si la vérité est tout-à-fait connue ;

Si le système d'accusation ne laisse après lui ni incertitude ni équivoque ;

Si tout ce système, en dernière analyse, se réduit exclusivement à cette proposition, que M. le duc de Grammont, M. le duc de Mouchy, M. le comte de Poix sont complices d'un meurtre, résultat d'un duel, uniquement parce que l'avis, l'avis très-prononcé de ces militaires, a été qu'un militaire ne pouvoit ni pour son propre honneur, ni pour celui de son corps, continuer son service qu'au préalable il n'eût, par toutes voies, obtenu la réparation des outrages publics dont il avoit eu le malheur de devenir l'objet ;

Si cette imputation, en la supposant prouvée jusqu'au

____

(1) Depuis huit mois je suis accusée d'avoir assassiné le sieur Dufay. Depuis huit mois l'instruction est commencée, et M. le procureur-général en est parfaitement instruit ; cependant depuis huit mois il ne trouve pas mes droits assez sacrés pour faire cesser aussi vite une accusation beaucoup plus odieuse.

plus haut degré d'évidence, et de quelque manière qu'on veuille la juger, à part d'un préjugé cruel en morale, en intérêt social, en principes religieux, ne peut jamais constituer aux yeux de la conscience et du bon sens ce que les lois appellent complicité de meurtre, surtout lorsque l'homme à qui on intimoit un tel avis, ou même, si l'on veut, un tel ordre, étoit après tout le maître absolu de n'y pas déférer, soit en quittant le service, soit en recourant à une décision plus élevée que celle de ces officiers;

Si, dès là, les pièces qu'annoncent et les délais que demandent Mme de Saint-Morys pour corroborer la substance d'une telle accusation, dont la nature peut être jugée dès à présent, sont tout à fait inutiles pour former l'opinion de la Cour des Pairs, qui semble pouvoir saisir dès à présent tous les élémens sur lesquels elle doit invariablement reposer;

Si le sort des accusés ne doit pas être livré aux caprices et aux volontés arbitraires des accusateurs, sans utilité pour la société ou plutôt à son grand dommage;

Si enfin il importe de faire cesser promptement une accusation respectable, si l'on veut, par l'égarement de la légitime douleur qui l'a engendrée, mais qui, en point de fait, n'aboutit qu'à développer des fermens de scandale, des discussions délicates et fâcheuses peut-être pour la morale publique (1) dont on met les principes aux prises avec les notions d'un genre d'honneur qu'il est également difficile d'honorer et de censurer, et enfin de germes de discorde que les plaignantes n'ont sûrement pas voulu développer, mais dont la malignité, contre leurs intentions, peut tirer parti (2),

---

(1) Qui a donné plus de scandale, qui a fait plus de tort à la morale publique ?

(2) Si justice nous eût été rendue, la malignité eût été réduite au silence.

Il devient pressant, l'Exposant ne craint point de le dire, de ne pas entretenir plus long-temps l'opinion publique d'une affaire, dont, dans les nuances qu'on a eu l'imprudence de lui donner, il seroit trop heureux qu'on ne l'eût jamais occupée.

Le commissaire de Sa Majesté requiert donc qu'il plaise à la Cour des Pairs, sans s'arrêter à la demande de Mme de Saint-Morys, contenue en leur requête de ce jour, procéder au jugement de la plainte dans l'état où elle se trouve.

Fait en notre cabinet de la Cour des Pairs, ce 31 janvier 1818.

Signé BELLART.

Arrêt de la Chambre des Pairs, constituée en Cour de justice.

La Chambre des Pairs constituée, etc. Après avoir délibéré hors la présence dudit commissaire, la Chambre des Pairs, etc.

Attendu que les faits imputés au duc de Grammont, seul des prévenus qui soit justiciable de la Chambre des Pairs, ne constitueroient lors même qu'ils seroient prouvés, ni crime ni délit, et qu'ainsi toute instruction tendante à établir la preuve desdits faits seroit inutile ; sans s'arrêter ni avoir égard aux demandes formées par les veuves de Saint-Morys et de Gaudechart dans leur requête de ce jour,

Dit qu'il n'y a lieu à suivre contre le duc de Grammont, renvoie, à l'égard des autres prévenus, le procès par-devant les juges qui en doivent connoître.

Signé D'AMBRAY, président.

CAUCHY, greffier.

ARRÊT DE LA CHAMBRE DU CONSEIL.

Tribunal de première instance du département de la Seine.

Nous, juges composant la sixième chambre du tribunal de première instance, etc.

Vu les pièces du procès et l'instruction faite contre le sieur Anne-Guillaume-Michel Barbier-Dufay; ensemble les conclusions de M. le procureur du Roi des 10 et 21 mars présent mois, tendant à ce qu'il soit déclaré n'y avoir lieu à donner suite aux plaintes formées par les dames de Saint-Morys et de Gaudechart contre ledit Barbier-Dufay, le duc de Mouchy et le comte de Poix, néanmoins sous réserves expresses d'exercer ultérieurement, en cas de décision conforme aux susdits réquisitoires, toutes poursuites contre Barbier-Dufay, en réparation des écrits calomnieux par lui imprimés et publiés contre le comte de Saint-Morys sous les dates des 18 avril et 6 juin 1817;

Ouï le rapport de M. Meslier, l'un des juges d'instruction près ce tribunal, duquel il résulte ce qui suit :

Charles-Bourgevin Vialart, comte de Saint-Morys, lieutenant des gardes-du-corps du Roi, a reçu, le 21 juillet dernier, dans la plaine de Clichy, un coup d'épée qui lui a fait au côté droit une blessure dont il est mort à l'instant même. La dame de Valincourt sa veuve a présenté, le 12 septembre suivant, contre le sieur Barbier-Dufay, une plainte en *assassinat* de son époux; puis, le 15 octobre, elle en a déposé une additionnelle, où elle se borne à l'inculper de *meurtre*, etc....................

. . . .

Considérant que s'il est constant que le comte de Saint-Morys a été tué le 21 juillet d'un coup d'épée qu'il a reçu du sieur Barbier-Dufay, il est démontré par tous les faits et circonstances de la cause, que ce coup porté par ce sieur Barbier–Dufay a été commandé par la nécessité actuelle de la légitime défense de sa propre personne; qu'ainsi, aux termes de l'art. 328 du Code pénal, *ce fait ne constitue ni crime, ni délit;*

Considérant aussi, en ce qui concerne le duc de Mouchy et le comte de Poix, que les faits à eux imputés ne présentent aucun caractère de crimes ni délits;

Déclarons également qu'il n'y a lieu à plus amples poursuites contre le sieur Barbier–Dufay, et donnons acte à M. le procureur du Roi des réserves par lui faites de se pourvoir, ainsi qu'il avisera, contre le sieur Barbier–Dufay, relativement à l'impression et publication contre le comte de Saint-Morys des deux lettres datées des 18 avril et 6 juin 1817.

Fait en la chambre du conseil, au Palais–de–Justice, à Paris, le 28 mars 1818.

(*Suivent les signatures.*)

Extrait des minutes du greffe de la Cour royale de Paris — Chambre d'accusation.

La Cour réunie en la chambre du conseil, etc...Après avoir entendu le rapport du substitut de M. le procureur-général sur le procès instruit contre le sieur Barbier–Dufay, et les sieurs duc de Mouchy et comte de Poix, etc.

. . . .

Lecture faite des pièces du procès, le substitut a déposé sur le bureau sa réquisition écrite et signée, tendante à ce que l'ordonnance du tribunal de première instance de la Seine, portant qu'il n'y a lieu à suivre contre le susnommé, soit confirmée par la Cour. . . . .

. . . .

Les dames de Saint-Morys et de Gaudechart ont, dans les délais de la loi, formé opposition à cette ordonnance.

Le 28 avril dernier, elles ont présenté à la Cour une requête tendante à ce qu'il fût procédé à un supplément d'instruction sur les faits contenus en leurs troisième et quatrième plaintes additionnelles, et à ce que les réserves de se pourvoir en calomnie prononcées en faveur du ministère public leur fussent rendues communes.

La Cour, après en avoir délibéré, statuant sur lesdites oppositions et conclusions ;

Attendu que l'ordonnance du 28 mars dernier a été rendue sur une instruction complète ;

Attendu qu'il n'a été pris par les veuves de Saint-Morys et de Gaudechart aucunes conclusions à fin de réserves devant les premiers juges, et que la Cour n'a à statuer que sur le bien ou le mal jugé de ladite ordonnance ;

Sans s'arrêter aux oppositions et conclusions des veuves de Saint-Morys et de Gaudechart ;

Adoptant les motifs qui ont déterminé les premiers juges, confirme ladite ordonnance, sauf aux veuves de Saint-Morys et de Gaudechart à se pourvoir, s'il y a lieu, à raison du fait de calomnie imputé à Barbier-Dufay ;

Ordonne que le présent arrêt sera exécuté à la diligence du procureur-général.

Fait au Palais-de-Justice, à Paris, le 9 mai 1818.

(*Suivent les signatures.*)

Lettre de M. le procureur-général, sur le duel, au rédacteur de la Gazette de France.

Paris, le 2 mars 1819.

« Non, Monsieur, le ministère public n'informe pas contre M. Harty de Pierrebourg, parce que les règles consacrées par l'usage dans les combats singuliers, pour la parfaite égalité des armes, auroient été violées ou mal observées. Le ministère public ne reconnoît ni ces prétendues règles, ni les combats singuliers eux-mêmes, qui sont prohibés par toutes les lois. Le ministère public informe dans ce moment-ci sur deux homicides bien déplorables (et celui dont est inculpé M. de Pierrebourg en est un),

» Parce que l'homicide volontaire, suivant nos lois, est un crime ;

» Parce qu'il est un crime, même à la suite d'un duel, à moins que le duel n'ait pas été préparé par les deux parties, et que l'on ait donné la mort dans une rencontre imprévue, uniquement par la nécessité de la légitime défense, et sauf aux juges et aux jurés à admettre les excuses ;

» Parce que le duel convenu est une insulte aux lois qui n'ont laissé à qui que ce soit le droit de se venger soi-même ;

» Parce que le ministère public, spécialement chargé de faire exécuter les lois, trahiroit tous ses devoirs, en ne poursuivant pas les auteurs connus d'homicides constatés;

» Parce qu'enfin il importe au maintien de la sécurité publique, à la conservation de familles et à la concorde qu'il est si nécessaire d'entretenir parmi les citoyens, que ne se propage pas cette erreur funeste et anti-sociale, que l'on peut tuer pourvu que ce soit en duel, sans avoir à redouter des peines d'aucune espèce.

» Je vous prie, Monsieur, d'insérer ma lettre dans votre plus prochain numéro, et d'agréer l'assurance de considération. »

Le procureur-général du Roi près la Cour royale de Paris,

BELLART.

Extrait des Minutes du greffe de la Cour royale de Paris.—
Chambre d'appel de police correctionnelle.

La Cour, réunie en la chambre du conseil, etc......
Attendu que les Mémoires dénoncés comme calomnieux ont été joints aux plaintes portées en justice contre le sieur Barbier, par les dames de Saint - Morys et de Gaudechart, que par suite de ces plaintes, la chambre d'accusation de la Cour royale a, par arrêt du 9 mai 1818, déclaré qu'il étoit constant que Barbier - Dufay avoit donné la mort à M. de Saint-Morys, mais dans le cas de sa légitime défense de soi—même ;

Que lors de l'arrêt de la chambre d'accusation, le ministère public n'a pas requis, et la Cour n'a pas prononcé la suppression des Mémoires ;

Que dans la plaidoirie devant la Cour, le défenseur de Barbier-Dufay a annoncé qu'il s'étoit borné à demander simplement au tribunal de police correctionnelle la suppression des Mémoires ;

Attendu que, s'il existe dans les Mémoires dénoncés des expressions et des allégations de fait injurieuses pour le sieur Barbier, et qui ne sont pas légalement justifiées, le fait de la mort du sieur de Saint-Morys, la publication des lettres offensantes qui l'ont précédée, les circonstances qui l'ont accompagnée et suivie, établissent de la part du sieur Dufay une provocation qui excuse suffisamment, aux yeux de la loi pénale, les écrits publiés par la veuve et la fille du sieur de Saint—Morys ;

Que dès - lors les faits dénoncés dans la plainte ne présentent pas les caractères de criminalité qui constituent le délit de calomnie prévu par le Code pénal,

Met l'appellation et ce dont est appel au néant ; émendant, décharge les dames de Saint-Morys et de Gaudechart des condamnations contre elles prononcées.

(46)

En principal, les renvoie de la plainte contre elles formée, et néanmoins ordonne d'office la suppression des Mémoires publiés par lesdites dames de Saint-Morys et de Gaudechart.

Dépens compensés entre les parties.

Fait au Palais-de-Justice, à Paris, le vingt-six novembre mil huit cent dix-huit, en la chambre du conseil, où siégeoient M. Dupaty, président ; MM. Delaveau, Malartic, de Frasans, de la Huproye, Moreau de la Vigerie, Crespin de la Rachée, de Sèze et Emery, conseillers, *tous composant* la chambre d'appel, police correctionnelle, et qui ont signé, etc.

Au moment où cette brochure est livrée à l'impression, paroît l'arrêt de la chambre d'accusation, qui, *cette année*, ne croit pas devoir prendre sur elle de juger une affaire de duel, et envoie les prévenus par-devant le jury. Je crois devoir ajouter cet arrêt, à ceux rendus l'année dernière par la cour royale en faveur de Barbier-Dufay. Dans ces arrêts se trouvent réunies la provocation reconnue à un assassinat (par ses lettres imprimées), et l'application qui lui est faite de l'excuse de la légitime défense. La Cour, en 1818, n'a pas cru devoir envoyer ce *personnage* ni *l'affaire du duel* par-devant le jury.

Extrait de la Gazette de France du 31 mars 1819.

La Cour royale de Paris, Chambre d'accusation, a rendu aujourd'hui deux arrêts par lesquels MM. Fayau et Harty de Pierrebourg, qui ont tué en duel MM. de Saint-Marcellin et de Saint-Aulaire, sont renvoyés devant la Cour d'assises pour homicide volontaire. Le tribunal de première instance y avoit joint la préméditation qui entraînoit la peine de mort. Voici les motifs communs aux deux arrêts. Puissent-ils amener l'opinion publique à repousser avec force un préjugé que ne connurent jamais les Grecs ni les Romains, et à écouter enfin, après tant de sang cruellement répandu, les sages conseils de la morale et de la religion !

Considérant, en droit, que toute espèce d'homicide, depuis l'homicide involontaire commis par imprudence, jusqu'au meurtre commis avec préméditation, se trouve prévue par la loi et punie de peines proportionnées à la gravité de l'action; qu'il n'y a d'exception à ce principe que pour le cas d'homicide ordonné par la loi ou commandé par la nécessité actuelle de la légitime défense;

Que l'on ne peut inférer de ce que le Code pénal actuel n'a pas nommément exprimé le cas d'homicide par suite de duel, que ce fait ne soit pas prévu par la loi, puisqu'un tel homicide ne présente qu'une espèce particulière comprise dans un genre qui les embrasse toutes, et dont la loi donne les caractères;

Considérant que l'art. 328, suivant lequel il n'y a ni crime, ni délit, lorsque l'homicide étoit commandé par la nécessité actuelle de la légitime défense de soi-même, n'est point applicable au duel; qu'en effet, ces mots : *commandé par la nécessité* supposent évidemment le cas où il n'existe aucun autre moyen possible d'échapper soi-même à la mort ou aux blessures qu'en tuant ou blessant son adversaire; qu'au contraire, le duelliste a pu jusqu'au dernier moment s'abstenir d'engager le combat; que, d'ailleurs, l'expression de *légitime défense* employée dans ledit article ne peut s'appliquer au fait du duel dans lequel chacun des combattans se constitue volontairement, et dès l'origine, en état d'agression autant qu'en état de défense vis-à-vis de son adversaire;

Considérant que si, dans les cas déterminés par la loi, le crime de meurtre peut être déclaré excusable, l'appréciation des faits d'excuse appartient exclusivement au jury;

Considérant que l'appel ou la provocation en duel ne constitue pas nécessairement le dessein formé avant l'action d'attenter à la personne de son adversaire, mais prouve seulement l'intention d'obtenir de lui une satisfaction ou une réparation qui peut quelquefois avoir lieu sans combat ou sans effusion de sang, au lieu même du rendez-vous, d'où il résulte que ce fait ne caractérise pas la préméditation définie par l'art. 297 du Code pénal ;

Et qu'en fait, il n'existe pas au procès d'indices suffisans que N. ait formé le dessein d'attenter à la personne du sieur de N. N. ; qu'ainsi l'ordonnance de prise de corps décernée par le tribunal de première instance de Paris, le 17 mars 1819, contre N., a mal qualifié le fait énonçant la circonstance agravante de la préméditation, etc., etc.

De l'Imprimerie de LE NORMANT, rue de Seine, n° 8.

www.ingramcontent.com/pod-product-compliance
Ingram Content Group UK Ltd.
Pitfield, Milton Keynes, MK11 3LW, UK
UKHW020030080726
13614UKWH00004B/1658